고양이가
내게
가르쳐준 것들

나의 특별한 사람

_____ 님께

내가 가장 좋아하는 애묘인
줄리, 린지, 레슬리, 게이브를 위해

# 고양이가 내게 가르쳐준 것들

**초판 1쇄 펴냄** 2022년 7월 1일

**지은이** 신시아 L. 코플랜드
**옮긴이** 김선영

**펴낸이** 안동권
**펴낸곳** 책으로여는세상

**출판등록** 제2012-000002호
**주소** (우)12572 경기도 양평군 강상면 강상로 476-41
**전화** 070-4222-9917 | **팩스** 0505-917-9917 | **E-mail** dkahn21@daum.net

**ISBN** 978-89-93834-60-4 03840

## 책으로여는세상
좋·은·책·이·좋·은·세·상·을·열·어·갑·니·다

# 고양이가
## 내게
# 가르쳐준 것들

신시아 L. 코플랜드 지음

책으로여는세상

지금까지 이런 고양이 책은 없었다.

SNS에서 밈(meme)으로 떠돌며 화제가 되었던 고양이 사진들을

한 권의 책에 담았다고 해도 틀린 말이 아니다.

무엇보다 내가 놀랐던 건 전세계로 퍼진 이 유명한 사진들의 출처를

일일이 찾아내 사진에 대한 원작자를 따로 표기해 놓았다는 것이다.


책의 내용은 대체로 간결하지만, 사진은 무엇보다 강렬하다.

정말 불가능할 것만 같은 고양이 사진들이

감성적인 문장과 결합해 시너지 효과를 낸다.

절로 웃음이 나는 사진이 있는가 하면

무릎을 탁 치게 하는 절묘한 사진도 있다.

책의 모든 사진이 고양이의 모든 매력을 한껏 보여주고 있다.
저자인 신시아 L. 코플랜드가 이 책을 통해
보여주려는 것도 아마 그 지점일 것이다.

이토록 다양하고 매력적인 고양이들이 전하는
무수한 의미와 재미들 혹은 오묘함과 절묘함.

자, 이제 서둘러 차를 한 잔 따르고 이 책을 펼쳐보기 바란다.
마침 내 곁에 고양이가 있다면 더없이 좋겠지만,
고양이가 없어도 이 책은 충분히 당신을 만족시킬 것이다.

**-고양이 작가, 이용한**

『어서 오세요, 고양이 식당에 』 저자

귀여운 줄만 알았던 고양이들이 자꾸 무언갈 알려준다?
이 책을 읽고 있으면 「고양이의 보은」 속 주인공이라도 된 것마냥
각자 다른 개성의 고양이들이 말을 걸어온다.

보름달 눈의 검은 고양이는 '스스로를 사랑하라' 조언하고,
요염하게 앉은 흰 고양이는 '지금 당신은 누군가에게 축복'이라며
햇빛과 함께 지그시 눈을 감는다.

고양이만큼 사람 마음을 알아주는 동물은 또 없다고 하는데… 정말인가?

그저 귀엽게만 보이던 고양이들을 따라 책장을 넘기다 보면
어느새 내 마음에도 꽃 한 송이가,
청량한 밤하늘도 예쁜 별이 떠올라 있다.

마지막 장을 펼쳤을 때에는
나도 모르게 흐뭇한 미소가 번진 지 오래.
요즘처럼 살기 퍽퍽한 시절에
이처럼 따뜻하고 예쁜 이야기가 있다니!

이 책을 읽는 당신의 삶 속에도
어느 예쁜 고양이가 교태를 부리고 있길 바란다.

**- 꽃의 언어, 이평**

『관계를 정리하는 중입니다』『모든 사람에게 사랑받을 필요는 없다』 저자

웃음 /

따뜻한 포옹 /

내 삶의 피로회복제 /

12년 전, 딸 알렉스가 우연히 지역 신문에 실린 광고를 보았습니다. 인근 마을에 사는 한 가족이 새끼 고양이들을 키워 줄 사람을 구하는 내용이었죠. 그날은 눈보라가 무섭게 휘몰아치는 날이었습니다. 나는 알렉스와 함께 차를 운전해 그 집을 찾아갔습니다. 그 사이 새끼 고양이들은 모두 새로운 보금자리로 떠났고 한 마리만이 남아 있었습니다.

녀석은, 눈은 연한 파란색에 몸은 크림빛 회색 털인데, 귀와 발 그리고 꼬리 끝에만 짙은 색 털이 있는 새끼 고양이였어요. 크림색이 도는 회색 털은 솜처럼 부드럽고 보송보송했지요. 우리는 녀석의 이름을 피비라고 지어 주었습니다.

피비는 아주 용감무쌍한 고양이였습니다. 우리 집에는 미친 듯이 춤추는 강아지 인형과 심술 맞은 앵무새가 있었는데, 피비는 그들 앞에서도 절대 물러서는 법이 없었어요. 알렉스의 여동생이 방과 후에 애완동물 가게에서 아르바이트를 하고 있었기 때문에 우리 집에는 다양한 동물들이 드나들었는데, 피비는 그 친구들과도 맞짱을 뜨는 등 도통 겁을 모르는 새끼 고양이였죠.

피비는 무하마드 알리도 부러워할 만한 오른발 잽으로 순식간에 우리 집 동물들 가운데 최고의 자리에 올랐습니다. 피비는 우리 집에 온 첫날부터 자신을 어떻게 지켜야 하는지를 새삼 우리에게 일깨워 주었어요. 피비는 늘 자신감 있는 태도를 취했고, 절대 희생자처럼 굴지 않았죠.

피비는 여러 면에서 전형적인 고양이입니다(만약 고양이의 전형이 있다면 말이죠). 피비는 종종 뚜렷한 이유도 없이 한밤중에 집안을 질주하

내가 신문을 읽으려고 하면 당연히 자기
자리라는 듯 턱 하니 앉아 버리는 피비

기도 하고, 아침 식사 시간이면 식탁 아래에 몰래 숨어 있다가 식구들의 발가락을 깨물기도 합니다. 또 저의 스케줄을 다 꾀고 있는 것처럼, 제가 글을 쓰려고 책상에 앉으면 어김없이 나타나 키보드 위에서 잠을 잔답니다. 또 종이 가방만 보면 그 속에 들어가 30분 넘게 탐험을 즐기고, 먹을 것을 주면 맛있는 알맹이만 쏙 빼먹고는 '접시가 비었잖니?' 하는 표정으로 우리를 쳐다보지요.

한편 피비에게는 수수께끼 같은 면도 많답니다. 고양이들이 환장한다는 개박하에도, 푹신한 침대에도 피비는 심드렁합니다. 또 쥐처럼 찍찍대는, 털로 뒤덮인 값비싼 고양이 장난감을 들이대도 완전 무시까지는 아니더라도 거의 관심이 없어요. 반면 제가 발 관리를 위해 발가락 사이에 끼우는 토우 스페이서는 한 시간 넘게 갖고 놀곤 한답니다.

피비는 낮에는 대부분 잠을 자고 우리를 피해 숨어 있는 시간이 많아요. 그럼에도 피비는 여전히 우리 가족의 삶에 대단한 영향을 미치고 있는데요, 피비가 눈을 감고 대자로 뻗어 있는 곳이 벽난로 앞이든(피비가 가장 좋아하는 장소예요), 소파 뒤에 움푹 들어간 곳이든(피비가 두 번째로 좋아하는 장소고요), 피비가 있으면 그곳에는 평온함이 스밉니다. 피비는 그저 같은 공간에 있어 주는 것만으로도 우리의 마음을 달래 준답니다.

아이들이 모두 자라 독립해 나간 지금은 피비가 집안에 생기를 불어넣어 줍니다. 아이들에게는 다시 집을 찾아올 이유가 되어 주고요.

피비는 자신이 우리 가족의 삶에서 무척 중요한 존재라는 사실을 잘 알고 있습니다. 자신이 사랑받고 있다는 사실도 잘 알고 있고요.

바라건대 지난 12년과 마찬가지로 앞으로의 12년도 피비가 우리와 함께였으면 좋겠습니다.

신시아 N. 코틀랜드

|차 례|

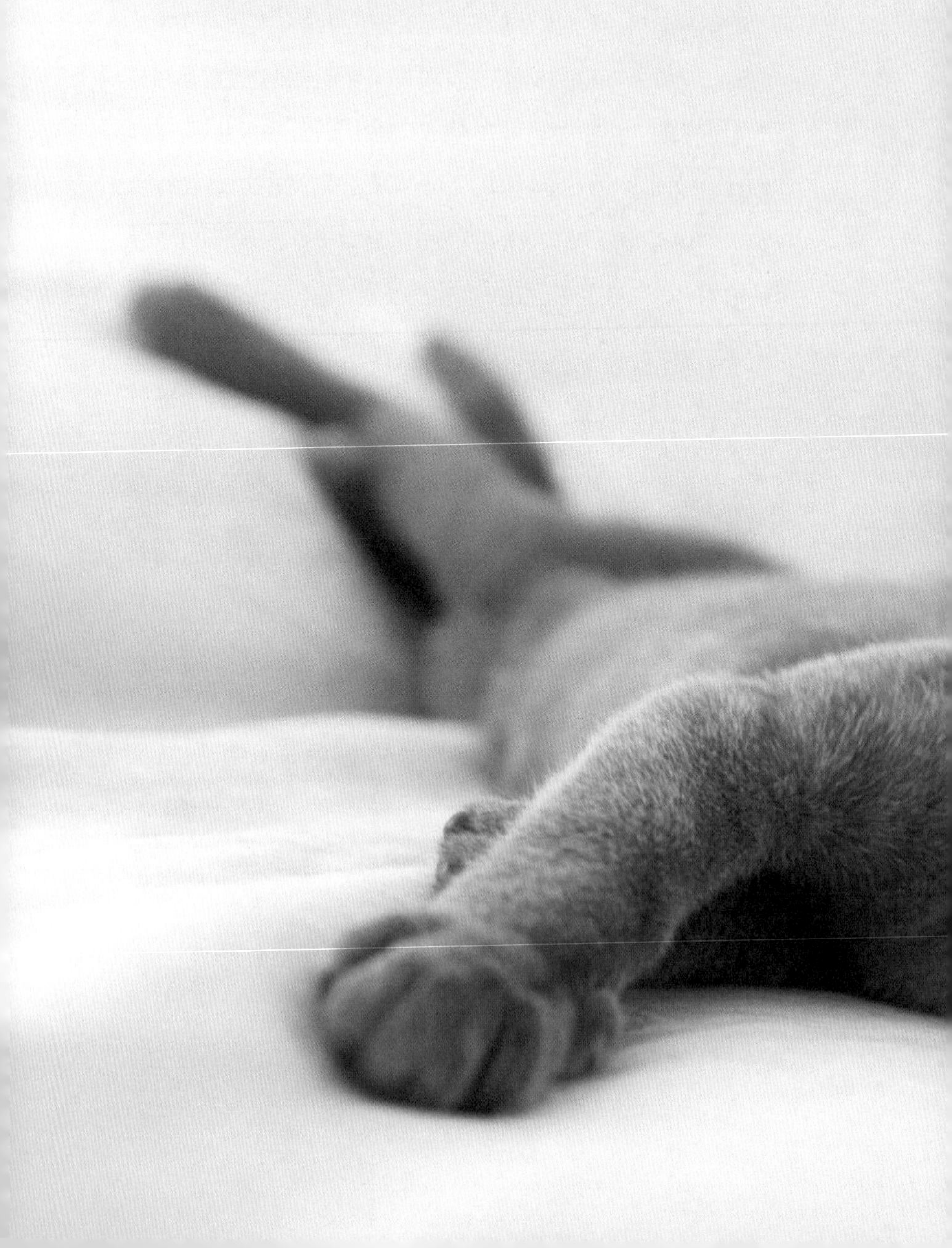

REALLY IMPORTANT STUFF
MY CAT HAS TAUGHT ME

## chapter 1

수영하는 고양이 본 적 있나요? 가끔은 예외가 되어 보세요.

당신은 /

남들과 /

달라요 /

자신감 넘치고

반짝이는 광기를 지닌

대담한 고양이들.

이들이야말로 최고의 '비순응자'들입니다.

이 짓궂은 부적응자들은

다른 이들의 시선 따위는

전혀 개의치 않아요.

그냥 자기 좋을 대로 하지요.

고양이들은 뭔가를 해나갈 때도

경계를 허물고 새로운 규칙을 만드는 걸 좋아하는데요,

뻔히 예측되는 것보다

일부러 특이한 것을 선택합니다.


관습적인 아이디어로 성공하느니

차라리 엉뚱한 아이디어로

실패하는 쪽을 택하는 거죠.


왜 그럴까요?

어쩌면 고양이들은

잘 알고 있는지도 몰라요.


발전이란,

새로운 것을 시도할 줄 아는 용기 있는 사람들이

익숙한 패턴을 깰 때 가능하다는 것을요.


하모니란,

각자가 서로 다른 소리를 낸 결과라는 것을

본능적으로 아는 건지도 몰라요.


그도 아니면, 훨씬 더 단순한 이유일 수도 있어요.

엉뚱한 쪽이 평범한 것보다 훨씬 재미있다는 사실을

잘 알고 있는 거죠.

매사를 다르게 바라보세요.

복제 고양이는 되지 말자고요.

야생성을

조금은 남겨 두세요.

이상한 모습도

조금은 남겨 두고요.

당신 자신에 대해
설명할 의무는 없어요.

당신의 다른 점 때문에

당신이 기억날 거예요.

늘 해 오던 대로 하는 게

뭐가 중요해요?

네모난 구멍에 딱 맞는

털이 난 둥근 나사가 되어 보세요.

세상이 당신을 맞이할 준비가 되어 있는지 아닌지는
중요하지 않아요.
그냥 보여 주세요.

"무엇으로도 대체할 수 없는 존재가 되려면

늘 남들과 달라야 해요."

-코코 샤넬

"다른 사람처럼 노래할 거라면,
내가 노래할 필요가 전혀 없어요."

- 빌리 홀리데이

당신더러 말썽쟁이라고요?

그런 이유라면 사과하지 않아도 돼요.

'무릇 고양이는 이런 자세로 자'
그런 건 없어요.

묵은 털을 벗겨 내세요.

거추장스러운 것들을 찢어 버려요.

관습에 얽매이지 말고,

다른 선택을 해 보세요.


가끔은 '예외'가 되어 보세요.

# 세상에 평범한 고양이는 없어요 🐾

*- 콜레트*

『해리 포터』를 쓴 조앤 K.롤링과 코코 샤넬의 롤모델로 꼽힌 프랑스 소설가 콜레트. 여성의 이름으로 소설을 낼 수 없었던 시절 남편의 이름으로 소설을 출간해 베스트셀러에 올랐고, 훗날 자신의 이름을 되찾으며 노벨문학상 후보에까지 오른 콜레트.

그녀는 평생 고양이를 향한 애정 때문에 원조 캣우먼으로 불렸는데요, 1933년에는 『암고양이』라는 소설을 펴내기도 했습니다.

삶의 끝자락을 파리가 내려다보이는 아파트에 틀어박혀 지냈던 이 뛰어난 작가는 사랑하는 고양이들과 함께하면서 큰 위안을 얻었다고 합니다.

"고양이와 함께 보낸 시간은 결코 낭비가 아니에요."

– 콜레트

당신은 비순응자인가요? 🐾

고양이를 키우는 사람들은 관습적이지 않은 고양이의 모습을 보면서 동질감을 느끼고 자랑스럽게 여기곤 합니다. 어쩌면 당신도 고양이들처럼 비순응자일지도 모릅니다. 다음과 같은 면들이 많다면요.

· 주위에 당신과 다른 의견, 다른 삶의 경험을 가진 사람들이 많다.
· 실패를 막다른 골목보다 새로운 기회로 여긴다.
· '왜?' 또는 '만약 그렇다면?'으로 시작하는 질문을 자주 한다.
· 스스로 느끼기에, 또래의 압력에 영향을 받지 않는 편이다.
· '사랑'이나 '미움'처럼 논리적 분석과 거리가 먼 단어들을 잘 쓰지 않는다
· 내 믿음이나 생각과 반대되는 정보를 자주 찾아본다.
· 규칙은 지침으로만 쓸 뿐, 규칙에 얽매이는 것을 거부한다.

## 가슴이 시키는 일을 하세요 🐾

시베리아 튜멘 동물원의 원장이었던 타티아나 안트로포바는 갓 태어난 다람쥐원숭이가 어미에게 버림받았다는 걸 알게 되었습니다. 그녀는 새끼 다람쥐원숭이에게 표도르란 이름을 지어 주고 집으로 데려갔습니다. 집에는 이미 16살 먹은 러시안 고양이 로진카가 있었기 때문에 조금 걱정이 되긴 했지만 달리 방법이 없었거든요.

하지만 그녀의 걱정과 달리 로진카는 표도르를 자기 새끼로 받아들였습니다. 인내심이 많고 친절한 로진카는 어미 다람쥐원숭이들이 새끼에게 하듯이 표도르에게 자신의 등을 내주었고, 표도르는 하루 종일 로진카의 등에 매달려 지냈습니다.

금새 친구가 된 새끼 다람쥐원숭이 표도르와 고양이 로진카

원래 로진카는 혼자 있는 것을 극도로 좋아하는 고양이였지만, 표
도르가 심하게 물어뜯거나 할퀼 때만 잠시 곁을 떠나 있을 뿐 온종일
표도르를 돌봐 주었습니다. 로진카의 이러한 애정 어린 보살핌은 표
도르가 자라 동물원의 다른 다람쥐원숭이들과 함께 살 수 있을 때까
지 계속되었답니다.

## chapter 2

그  냥 /

그러라 /

그래요 /




고양이는

종종 오해를 받습니다.

사람들은 고양이를

제대로 관찰한 적도 없으면서

그저 슬쩍 본 모습만으로

"고양이는 냉담해. 쌀쌀맞아."라며

꼬리표를 붙입니다.

그런데, 정말 그럴까요?


사실 고양이들은 무심하지 않아요.
오히려 사소한 변화도 금세 알아챈답니다.
세세한 것에 관심을 기울이고
끊임없이 주변을 탐색하며
세상을 배워 나갑니다.


고양이가 쌀쌀맞다고요?
고양이는 독립적이고 신비롭습니다.
고독이 간절할 때면 소리 없이 사라져
몇 시간씩 자취를 감추곤 하는데요
그럴 때면 깡통을 달그락거리는 소리도,
신문지를 바스락거리는 소리도
한참 동안 들리지 않죠.

고양이는

고독을 추구하는 것이 얼마나 중요한 일인지를

우리에게 일깨워 줍니다.


혼자라는 것이 반드시 외로운 건 아니라고,

자신을 조용히 되돌아보기 위해

매일 일정 시간을 할애하는 것도 썩 괜찮은 일이며

영혼의 정화를 위해서도 꼭 필요한 일이란 걸,


때로는 편안하고 애정 어린 침묵이

활기찬 대화만큼이나 만족스러울 수 있다는 것을

고양이는 우리에게 가르쳐줍니다.

가끔은 사람들이 당신을 그리워하도록 놔두세요.
최근 몇 시간 동안 당신이 어디 있었는지
궁금해할 기회를 주세요.

조금은 신비로운 분위기도

남겨 두세요.

찾는 것보다 숨는 게

더 재밌을 수도 있어요.

때로는 쇼핑백 속에 혼자 처박혀 있는 게

가장 좋을 때도 있어요.

때로는 '둘'도
번잡할 때가 있잖아요.

적게 말하고,

더 많이 들으세요.

침묵은

무관심과는 달라요.

가만히 바라보세요.

그리고 기다리세요.


그러면 세상이 보이기 시작할 거예요.

나만 깨어 있고

모든 세상이 잠든 것 같은 시간에는

고독을

만끽해 보세요.

타인이라는 거품을 걷어내고

나에게 집중해 보세요.

마음이 하는 말에

귀 기울여 보세요.

아무도 모르는

나만의 빛나는 무대를 찾아 보세요.

누구도 신경 쓸 필요 없어요.

당신은 당신의 길을 가면 돼요.

고독에는 … 힘이 있어요.
그 힘을 누려 보세요.

우리 같이

혼자가 되는 법을

배워 봐요.

"홀로 있으라,
그때가 새로운 아이디어가
태어나는 순간이다."

-니콜라 테슬라

## 위인들의 고독의 기술 🐾

'많은' 곡을 작곡한 것으로도 유명한 모차르트는 일상 속에서 틈틈이 혼자만의 시간을 누렸습니다. 여행길에 오른 마차 속에서, 맛있는 식사를 한 후 잠깐 동안의 산책에서, 왠지 잠이 오지 않는 밤까지 이 모두가 혼자만의 시간이 되어 주었지요.

알베르트 아인슈타인은 혼자 오래오래 해변을 걷곤 했습니다. 일을 하는 평일에는 이따금 혼자 누워 천정을 바라보며, 머릿속에서 상상하는 것들이 건네는 말과 그 모습을 말없이 바라보곤 했다네요.

소설가 프란츠 카프카에게는 움직이지 않고 그냥 가만히 있는 것이 최고였다고 해요. "굳이 방을 나설 필요가 없어요. 그냥 조용히 그리고 가만히 있는 법을 배우면 돼요."

"고양이는 설사 말을 할 줄 안다 해도 안 할걸요."

– 난 포터

## 더없이 조용하고 성실한 승객 🐾

영국 웨스트 미들랜즈의 한 버스 정류장에서는 매주 두세 번, 이른 아침이면 한쪽 눈은 파랗고, 다른 쪽은 초록빛인 흰 고양이가 나타나 버스를 기다립니다. 월솔에서 울버햄튼으로 가는 버스가 도착하면 고양이는 깡충 버스에 올라타 얌전하게 의자에 앉습니다. 그러고는 다음 정류장인 시시앤 칩스 가게 근처에서 내립니다. 이 고양이는 아침에 갈 때만 버스를 탈 뿐, 집에 어떻게 돌아가는지는 아무도 모릅니다. 승객들은 이 고양이를 '최고의 승객'이라고 칭찬합니다.

"그냥 조용히 앉아 자기 일에만 신경 쓰다가 얌전히 내린다니까요."

버스 기사와 승객들은 이 고양이에게 시인 T.S 엘리엇이 쓴 책 『Old Possum's Book of Practical Cats. '주머니쥐 할아버지가 들려주는 지혜로운 고양이 이야기'란 제목으로 번역됨』에 나오는 정체불명의 고양이 이름을 따서 '마카비티'라는 이름을 지어 주었습니다.

## chapter 3

가 끔 은 /
스 릴 도 /
필요해요 /

고양이들 중에는 간혹
응석이 심한 집고양이들이 있어요.


하지만 그런 집고양이들조차도
마음속 깊은 곳에는
전혀 두려움을 모르는
야생의 고양이가 살고 있답니다.

고양이는

습관적으로 편안함을 추구하는 동물이지만,

동시에 자유와 모험을 갈망해요.

선천적으로 호기심이 많고

새로운 것을 찾으려는 욕망이 가득하지요.


그래서 매일, 정해진 목적지도 없이

혼자 길을 나서는 진정한 탐험가들이에요.


이렇듯 늘 배회하는 고양이들은

언제라도 덤벼들 준비가 되어 있습니다.

자기 영역을 지키기 위해,

사랑하는 친구를 지키기 위해,

또는 단순히 스릴을 즐기기 위해

엄청난 위험을 무릅쓰지요.

종종 이해하기 힘든

고양이들의 이런 행동이야말로

고양이의 매력이자 신비 중 하나인데요,


고양이가 얼마나 폭넓은 모험을 하고

삶이 자기에게 허락해준 시간을

얼마나 충실히 살아가는지

우리 인간들은 결코 알 수 없을 것입니다.

모험을 하세요. 두려워 마세요.

하지만 도망칠 방법도 생각해 두세요.

발톱을 보이는 걸
주저하지 마세요.

덮칠 준비를 하세요.

위험을 무릅쓰세요.

마치 목숨이 여덟 개쯤은 되는 것처럼.

"승산이 없어 보일 때도 항상 최선을 다하세요."

-아놀드 파머

"우리가 정복하는 것은 산이 아니라, 우리 자신이에요."

– 에드먼드 힐러리

"어쩌면 아무 데도 다다르지 못할지도 몰라요.

하지만 이렇게 멋진 라이딩이라니!"

-손 힉

때로는 미처 확인하기도 전에

뛰어내려야 할 때도 있어요.

또 다른 모험이 언제 시작될지 몰라요.

그러니 늘 준비하세요.

용기를 내 보세요.

더 큰 세상이 펼쳐질 거예요.

가끔은 스스로에게

"우리 여행 가자"라고 말해 보세요.

"좋은 여행자는 정해진 계획도 없고,
도착에도 별로 신경을 안 씁니다."

– 노자

## 암벽 등반 고양이 🐾

    암벽 등반을 즐기는 모험가 크레이그 암스트롱은 유타 동물보호소에서 고양이 '밀리'를 입양했습니다. 그때만 해도 그는 밀리가 열정 넘치고 두려움을 모르는 등반 파트너가 되리라고는 전혀 상상하지 못했습니다.

    처음 시작은 이랬습니다. 암스트롱은 등반을 떠나는 동안 밀리를 혼자 집에 두는 것이 너무 미안하고 마음에 걸렸습니다. 그래서 그는 밀리를 훈련시켜 함께 등반을 갈 수 있을지 알아보기로 했습니다. 오래지 않아 그는 밀리가 등반을 정말로 좋아한다는 것을 알았습니다.

    "밀리가 제 등을 타고 올라와 어깨에 앉았어요. 우리는 파트너가 되었고, 앞으로 많은 여행을 함께하게 되리란 걸 단 4초 만에 깨달았죠."

    밀리는 높은 곳에 대한 두려움이 없고 놀라운 균형감과 기꺼이 위험을 감수하는 의지력까지 갖추고 있었습니다. 그래서 암스트롱을 더 높은 곳으로 이끌곤 했습니다.

암스트롱과 밀리는 안전한 등반을 위해 안전띠를 메고 유타의 유명한 암벽들을 올랐습니다. 심지어 많은 사람들이 포기했던 알카트라즈 협곡에 도전하기도 했습니다. 알카트라즈 협곡 등반을 무사히 끝낸 뒤 암스트롱은 이렇게 말했습니다.

협곡을 탐험하는 밀리

"밀리는 어떤 상황에서도 불평하지 않습니다. 그저 더 높이 올라가길 원하고, 자신의 한계에 도전하려고 할 뿐입니다."

암스트롱은 밤이면 침낭 속에서 밀리와 따뜻하게 껴안고 자는 것도 좋지만 밀리와 함께하면 긴장도 덜 하게 되고, 밀리의 눈을 통해 세상을 새로운 방식으로 볼 수 있기 때문에 밀리와 함께하는 등반이 더없이 즐겁다고 합니다.

# 내면에서 들리는 사자의 목소리에 귀를 기울이세요 🐾

어느 날 뉴저지 웨스트 밀포드에 있는 한 가정집 뒷마당에 검은 곰 한 마리가 들어왔습니다. 마당에 있던 줄무늬 고양이 잭은 이 불청객이 반갑지 않았습니다. 잭은 쉿쉿 샥샥 소리를 내며 검은 곰에게 당당히 맞섰습니다. 이에 놀란 곰은 나무 위로 도망쳤고요.

15분쯤 지나자 곰은 나무에서 내려와 도망을 치려고 했습니다. 하지만 잭은 그냥 두지 않았습니다. 전보다 더 사납게 맞섰고, 곰은 이번에는 옆집 나무 위로 도망을 쳤습니다. 결국 잭의 주인인 도나가 나설 수밖에 없었습니다. 도나는 곰이 숲으로 도망갈 틈을 만들어 주기 위해 잭을 집 안으로 불렀습니다. 그제야 곰은 나무에서 내려와 숲속으로 도망갈 수 있었습니다. 도나는 잭의 행동에 대해 별거 아니라는 듯 어깨를 으쓱하며 간단히 설명했습니다.

"잭은 자기 영역이 침범당하는 걸 정말 싫어하거든요."

고양이 잭 때문에 나무 위로 도망친 검은 곰

때로는, 결코 계획해 본 적 없는 모험이
최고의 모험이 되곤 한다 🐾

어느 날 프랑스령 기아나의 쿠루Kourou에 있는 비행훈련학교의 조
종사인 로맹 잔토Rumain Jantot는 경비행기에 여성 훈련자를 태우고
이륙했습니다. 그리고 잠시 뒤 뜻밖의 승객을 발견했습니다. 작은 고
양이 한 마리가 날개 위에 앉아 있었던 것입니다. 고양이를 발견했을
때 비행기는 이미 수천 피트 상공을 날고 있었습니다.

로맹 잔토는 곧바로 비행기를 돌려 착륙을 시도했습니다. 다행히
비행기는 안전하게 착륙했고, 고양이도 무사했습니다. 놀랍게도, 그
고양이는 수천 피트 높이에서도 당황하지 않았고 덕분에 무사할 수
있었습니다.

경비행기 뜻밖의 승객

그 뒤에도 고양이는 자주 비행학교를 찾아왔다고 합니다. 잔토는
비행기 주변을 어슬렁거리는 고양이를 가리키며 이렇게 말했습니다.

"여전히 우리 비행학교의 마스코트인걸요."

# 고양이와 함께 떠나는 자동차 여행 Tips 🐾

대부분의 고양이들은 길 위의 삶보다는 익숙한 일상과 환경을 좋아하는데요, 만약 자동차 여행에 고양이를 데려가고 싶다면 다음 몇 가지 팁이 도움이 될 거예요.

1. 여행을 가기 전에 고양이가 여행용 케이지에 익숙해질 수 있게 해주세요. 케이지 안에 평소 익숙한 침구를 깔아 주고 탐험하게 해보세요. 또 여행 직전에는 케이지에 펠리웨이 같은 고양이 전용 진정제를 뿌려 주면 좋아요.

2. 차멀미를 할 수도 있으니 처음에는 짧은 외출로 시작해 점차 긴 자동차 여행으로 늘려 가세요. 그리고 출발 전에는 절대 먹이를 주지 마세요.

3. 필요한 물품(목줄, 일회용 쓰레기통, 집에서 먹던 물병)을 챙기고, 고양이
   가 물을 마시고 용변 상자를 쓸 수 있게 자주 휴게소에 들러 주세
   요.

4. 고양이를 세심하게 살펴 주세요. 차 안은 편안하고 일정한 온도로
   유지하고, 음악 소리는 줄여 주세요. 몇 분 이상씩 고양이만 혼자
   두어서는 안 돼요.

5. 고양이 목줄에 인식표를 단단히 묶어 주세요.

chapter 4

궁금해하세요 /

호기심을 /

잃지 마세요 /

고양이는 지능이 높습니다.

하지만 남들이 그걸 알아주든 말든 개의치 않아요.


누군가를 감동시키기 위해

새로운 것을 배우는 것도 아닙니다.

누군가를 기쁘게 할 생각도 없고요.


그렇기에 고독한 동물일 수밖에 없는데요,

주인의 명령에 따르기 위해

의미 없는 훈련을 반복하는 것에도

전혀 관심이 없답니다.

하지만 직관적이고, 재치 있으며, 뛰어난 적응력은
고양이과 동물의 도드라진 특징입니다.
고양이들의 호기심은 그야말로 레전드급인데요,
영리하고 끈기 있는 모습에 수백만 명의 사람들이
고양이 영상을 올리고 시청합니다.

사실 고양이만이 지닌
독특한 지능을 측정하기란 쉽지 않습니다.
고양이는 연구 대상으로서는
가장 비협조적인 동물이거든요.
뭐 그리 놀랄 일도 아니지만요.

하지만 이 정도는 기억해두세요.

고양이는 자기가 먹고 싶을 때 먹이를 주도록

인간을 훈련시킨답니다.

고양이는 자기가 쉴 곳,

갖고 놀 장난감, 애정이 필요할 때

그것을 주게끔 인간을 훈련시키죠.


그렇다고 그 보답으로

항상 기분 좋게 가르랑거려 주는 것도 아니에요.

그야말로 내키는 대로죠.


어떤 면에서는

아주 현명한 행동이라 할 수 있습니다. ^^

호기심을 가져 보세요.

해답보다 질문을 더 많이 해 보세요.

중요한 건 똑똑한 게 아니라

'어떻게' 똑똑하냐예요.

보는 관점을

달리해 보세요.

칠흑 같은 어둠 속에서도

감각을 깨워 보세요.

때로는 침묵이

가장 좋은 대답일 때도 있어요.

멍 때리기 좋은 곳,

나만의 생각하기 좋은 장소를 만들어 보세요.

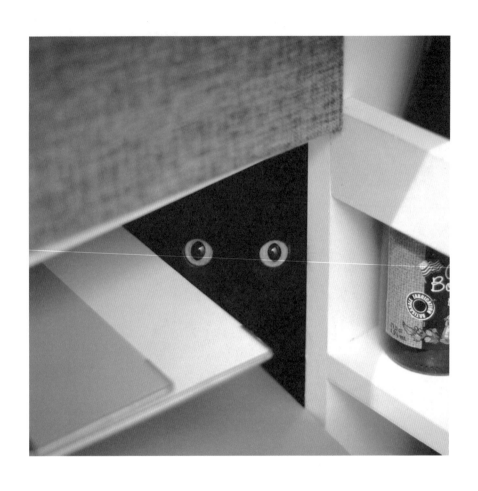

"내가 여기 있다는 걸 아무도 몰라도, 난 다 알고 있잖아요."

-안나 파슈키에비츠

원하는 것을 쫓는 것도 좋지만

가끔은 때를 기다리며 지켜보는 것이 나을 때도 있어요.

"자연의 속도를 따르세요.
자연의 비결은 인내랍니다."

-랄프 왈드 에머슨

내가 까다롭다고요?

난 까다로운 게 아니라,
선택할 줄 아는 거예요.

두루두루 섞이는 게

좋을 때도 있지만

허리를 꼿꼿이 세우고
내 생각을 분명히 말하는 게 더 좋을 때도 있어요.
그걸 알아야 해요.

"자네에게 적이 생겼다고? 좋은 일이네.

그건 자네가 살면서 뭔가 중요한 일을 위해

일어섰다는 뜻이기 때문이네."

-윈스턴 처칠

## 마지막 순간까지 고양이와 함께한 처칠 🐾

　영국 수상 윈스턴 처칠은 고양이를 무척 좋아했습니다. 그는 평생 마르가트, 탱고, 미키를 포함해 많은 고양이를 길렀습니다. 그는 가장 좋아하는 고양이에게 영국의 유명한 제독의 이름을 따서 '넬슨'이라고 불렀습니다. 처칠은 "넬슨 그 녀석이 커다란 개를 쫓아가는 걸 봤어. 내가 아는 고양이 중에서 가장 용감한 녀석이야."라며 넬슨의 용기에 감탄하고 뿌듯해했습니다.

　처칠에게는 조크라는 고양이도 있었는데, 가정부들은 조크가 말썽꾸러기라며 흉을 봤지만, 그는 조크를 나무라지 않았습니다. 오히려 자신의 88번째 생일 축하 파티에도 조크와 함께했고, 대부분의 밤을 조크와 함께 잠들었고, 밥 먹을 때도 조크가 오기를 기다렸습니다. 조크는 처칠이 숨을 거두었을 때도 그의 옆에 있었습니다.

## 헤밍웨이의 고양이 사랑 🐾

　헤밍웨이는 고양이야말로 자기 감정에 더없이 정직하다며 감탄했습니다. 사람은 감정을 숨길 수 있지만 고양이는 그렇지 않습니다. 헤밍웨이는 플로리다 키웨스트에 자리한 집에서 서른 마리가 넘는 고양이와 함께 살았습니다.

　그 중 한 마리는 어느 선장이 갖다 준 고양이였습니다. 이름이 백설공주였던 그 고양이는 발가락이 6개인 다지증 고양이였습니다. 지금도 백설공주의 후손인 수십 마리의 다지증 고양이들이 여섯 개의 발가락을 뽐내며 그 집에서 살고 있답니다.

## 당신의 고양이는 생각보다 똑똑하다 🐾

  고양이는 새벽과 해 질 녘에 가장 왕성하게 활동합니다. 자연히 야간 시력이 우리 인간들보다  월등히 뛰어나지요. 눈 모양도 그렇고, 고양이는 우리 인간들보다 6~8배나 더 많은 간상세포를 갖고 있기 때문에 빛이 적은 곳에서도 잘 볼 수가 있답니다. 아주 어두운 곳에서도 쉽게 움직임을 감지할 수가 있는 거죠.

  당신의 고양이는 아이패드보다 훨씬 똑똑하답니다. 아이패드가 초당 1억 7천만 건의 정보를 처리할 수 있다면, 당신의 고양이는 초당 6조 1천억 건을 처리할 수 있습니다. 저장 공간도 마찬가지입니다. 아이패드가 60GB라면 고양이는 91,000GB!

이번에도 고양이의 승리 ^^.

# 걸어다니는 GPS 🐾

고양이는 철새처럼 태양의 위치나 지구 자기장을 이용해 아주 먼 곳에서도 집을 찾아갈 수가 있습니다. 2013년 4살 된 얼룩 고양이 홀리는 플로리다 데이토나 해변에서 주인 부부와 캠핑을 하던 중 사라

졌습니다. 그러고 두 달 뒤, 홀리는 집으로 돌아왔습니다. 주인과 헤어졌던 데이토나 해변은 집에서 무려 300킬로미터나 떨어진 곳이었습니다. 홀리는 제대로 먹지 못했는지 무척 마르고 걷기조차 힘들 정도로 지쳐 있었다고 해요.

집까지 300킬로미터를 걸어온 홀리

놀라운 이야기지만 이런 고양이가 홀리만 있는 건 아니에요. 더 놀라운 녀석은 호주의 페르시안 고양이 하우이인데요, 1978년 가족이 휴가를 떠난 사이 친척 집에 보내졌다가 무려 1,600킬로미터를 걸어서 집으로 찾아왔다네요. 정말 대단하지 않나요?

chapter 5

세상에 /

당신의 기발함을 /

더해 보세요 /


고양이는

스스로 즐거움을 찾아내고

즐길 줄 안답니다.


고양이가 노는 모습을 보고 있노라면

그 모습이 하도 특이해서

절로 웃음이 나곤 하는데요,


작은 바구니에 큰 몸을 구겨 넣거나,

꽈배기 모양으로 몸을 꼰 채 깊이 잠들기도 하고,

상상 속의 먹이를 쫓느라

온 집안을 정신없이 뛰어다니기도 해요.

또 겨울 털부츠 속에 쏙 들어가기도 하고,
누군가의 머리 위에 앉아
따분하고 무관심하게 세상을 바라보는 표정 등등
익살스러운 모습으로도 유명하죠.


그런 고양이들의 노는 모습이나
우스꽝스러운 모습을 보고 있노라면


'난 쓸데없이 심각하구나. 굳이 그럴 필요 없는데….'
라는 생각이 들곤 해요.


또 내 나이가 몇 살이든 신경 쓰지 말고
말도 안 되는 짓도 해 보라고 용기를 줘요.

암튼 고양이는

어른 고양이든 새끼 고양이든 간에

모두 괴짜들이에요.


이 괴짜들은 우리가 뭔가를 하는 이유 중

가장 좋은 이유는


'그냥 재미있어서' 라는 것을


우리에게 일깨워 준답니다.

나만의 깐부를

찾아보세요.

친구를 웃게 하는 방법

한두 개쯤은 알아 두세요.

남들에게는 안 보이는 것이

나한테만 보이는 것처럼 행동해 보세요.

그냥 재밌잖아요!

"가끔은 상상 속으로만 그려 봤던
'이상한 사람'이 되어 보세요."

-웨인 벤릭

아주 흡족하게

무관심한 표정을 지어 보세요.

사용설명서에도 나오지 않는

내가 되어 보세요.

잠자는 개는 건드리지 말라고요?

아니, 건드려 보세요.

"고양이 고집을 이길 생각은 마세요."

– 로버트 A 하인라인

친구를 위해

멋지게 뛰어올라 보세요.

우스꽝스러운

모습도 보여 주세요.

"내 모습이 바보처럼 보여도 신경 쓰지 않는 것,

그것은 대단한 힘이에요."

– 에이미 포엘러

유머를 장착하세요.

'짜증 나는 것'과 '귀여운 것'은
종이 한 장 차이예요.

기억하세요.

당신이 예쁘게 가르랑거리면

웬만한 것은 다 헤쳐 나갈 수 있어요.

자, 어서 시도해 봐요!
당신도 알잖아요,
당신의 발이 멋지게 착지할 거란 걸요.

"인생은 짧아요. 규칙을 깨세요
그리고 당신을 미소짓게 했던 그 어떤 것에 대해서도
후회하지 마세요."

-마크 트웨인

고양이에게는
저항을 못 하겠더라고요 🐾

　고양이를 좋아하기로 유명했던 마크 트웨인은 코네티컷 중심부에
있는 한 농장에서 고양이 열한 마리와 함께 살았습니다.

　날카로운 글로 유명한 그도 "고양이, 특히 가르랑거리는 고양이에
게는 그냥 저항을 못 하겠더라고요."라고 시인했다지요. 그는 "만일
인간이 고양이와 교배될 수 있다면 인간은 더 나아지겠지만 고양이
는 망가질 겁니다."라고 말하기도 했습니다.

"고양이에게는 재밌게 지내는 법을 가르쳐 줄 필요가 없어요."

- 제임스 메이슨

# 고양이는 혼자서도 잘 놀기로 유명해요 🐾

· 다양한 크기의 종이가방과 빈 상자를 놔두세요.

  고양이가 그 속에 들어가 실컷 탐험하고 놀 수 있거든요.

· 바깥쪽 창문 근처에 새 모이통을 놔두세요.

  새가 먹는 모습을 고양이가 실내에서 훔쳐볼 수 있거든요.

· 배터리로 작동되는 장난감 어항을 놔두세요.

  고양이가 물고기 쇼를 즐길 수 있어요.

· 밀풀, 호밀, 캣닢, 귀리, 보리를 모판에 심어 창문 가까이 두세요.

  고양이가 실내 놀이를 할 수 있어요.

· 다 쓴 두루마리 화장지의 종이 튜브 안에 간식을 넣고 양쪽 끝을 접

  어 주세요. 간식을 먹으려면 고양이가 조금 애를 써야 할 거예요.

· 테이블 위에 수건이나 시트를 던져 놓으세요.

  고양이가 요새를 만들 거예요.

## 명예시장 고양이 🐾

탈키트나 시의 명예시장 고양이 스텁스

인구 876명이 사는 알래스카 탈키트나 시에는 '스텁스'라는 고양이가 명예시장으로 일하고 있습니다. 스텁스는 나글리 잡화점에 일종의 사무실을 가지고 있는데, 하루에 30~40명의 방문객과 인사를 나누고, 전 세계의 팬들로부터 편지를 받았습니다. 스텁스 덕분에 이곳은 지역의 관광 명소가 되었습니다.

나글리 잡화점의 매니저였던 라우리는 주차장에 버려진 상자 안에서 새끼 고양이를 발견하고는 스텁스라는 이름을 지어 주었습니다. 발견 당시 새끼 고양이는 꼬리가 없었기 때문입니다(stubbs : 몽당연필이라는 뜻이 있음).

시장 취임 이후 스텁스는 달리는 트럭에서 뛰어내리고, 식당 튀김기에 빠지고, 개에게 물리기도 했지만 그때마다 잘 회복되어 시장직을 여전히 수행 중입니다.

낯선 사람에게도 곧잘 다가가 무릎에 앉곤 하는 스텁스는 취임 이후 탈키트나 시의 관광객 유치에 큰 공헌을 했습니다. 스텁스를 보기 위해 매일 관광객들이 꾸준히 탈키트나를 찾아왔기 때문입니다. 덕분에 지역 경제가 활성화되었다고 합니다.

## 도서관 고양이 🐾

　세상에는 도서관에서 사는 고양이들도 있습니다. 도서관과 한 식구가 된 '도서관 고양이'들은 도서관을 찾는 이들에게 기쁨을 안겨주는데요, 고양이 덕분에 책 읽는 사람들이 많아지고, 반려동물 입양도 늘어났습니다. 물론 쥐도 쫓아 주고요. 도서관 고양이 중에 제일 유명한 녀석은 스펜서 공립도서관의 '듀이'일 겁니다.

　1988년 1월 미국 아이오와 주 스펜서 공립도서관의 무인 도서 반납 박스에서 작은 새끼 고양이가 발견되었습니다. 새끼 고양이는 거의 얼어 죽기 직전이었습니다. 고양이를 발견한 사서 비키 마이런은 정성

을 다해 고양이를 돌보았고 다행히 며칠 뒤 건강을 회복했습니다.

　마이런은 새끼 고양이에게 '듀이'라는 이름을 지어 줬고 도서관에서 키우기로 마음먹었습니다. 이를 위해 도서관 운영위원회와 시의회를 찾아갔고, 변호사와 만나 도서관에서 고양이를 키울 수 있는 방법을 상의했습니다. 돌아온 답변은 '도서관에서 고양이를 키워서는 안

된다는 규정은 없다'였습니다. 그렇게 듀이는 스펜서 도서관의 고양이가 되었습니다.

타고난 친화력과 사교성을 지닌 듀이는 순식간에 도서관의 귀염둥이가 되었고, 사람들에게 미소와 위로를 건네며 도서관의 마스코트가 되었습니다. 듀이는 유명해졌고, 사람들이 듀이를 보기 위해 도서관을 찾으면서 도서관에 활기가 넘치기 시작했습니다.

도서관뿐만 아니라 스펜서 시의 분위기에도 변화가 생겼습니다. 당시 스펜서 시는 작은 농업 도시였고 경제 침체로 많은 사람들이 일자리를 잃었는데, 사람들은 일자리 정보를 얻기 위해 도서관에 왔습니다. 듀이는 그런 사람들에게 위로를 건네 주었습니다.

새로운 직장을 구하기 위해 이력서를 쓰는 사람이 보이면 듀이는 그 사람의 무릎에 올라가 천연덕스럽게 잠을 자거나, 우울해 보이는 사람에게 다가가 괜히 엉덩이를 비비기도 했습니다. 듀이의 이런 행동에 우울해하던 사람들의 얼굴에 미소가 번졌습니다.

스펜서 시의 특수학교 아이들도 정기적으로 도서관을 방문해 독서 수업을 받았습니다. 아이들은 장애 때문에 듀이를 쓰다듬는 것조차

힘들어했지만 듀이는 아이들의 발에 몸을 비비고 무릎에 앉아 장난
을 쳤습니다.

듀이는 그렇게 19년간 스펜서 도서관의 고양이로 살았습니다. 듀
이가 죽자 250개가 넘는 언론이 듀이의 죽음을 알렸습니다. 얼마 뒤
도서관을 그만둔 마이런은 듀이에 관한 책을 썼고 유명한 베스트셀
러가 되었습니다.

고양이 섬을 아시나요? 🐾

일본에는 약 12개의 '고양이 섬'이 있습니다.

그 중 아오시마 섬에는 사람보다 고양이 수가 더 많습니다.

일본 사람들은 고양이를 행운의 상징으로 여기는데요,

고양이와 마주치면 부와 행운이 온다고 믿습니다.

아오시마의 고양이들은 현지인들과 관광객들이 주는

음식을 먹으며 행복하게 살고 있습니다.

## chapter 6

기분 좋게 /

어루만져 /

주 세 요 /


고양이의 사랑 표현은

조용하면서도 참으로 미묘합니다.


사랑하는 사람에게는 몸을 부비거나

오랫동안 눈맞춤을 하지요.

또 머리로 비비며 받기도 하고(bunting),

안마하듯이 앞발로 지그시

누르는 행동(kneading)을 통해

자신의 사랑을 표현하곤 해요.

고양이 애호가들은

고양이가 이런 행동을 보이면

너무나 고마워하는데요,


왜냐하면 고양이는 본질적으로

사교적인 동물이 아니거든요.


고양이의 이러한 행동이

고독을 즐기는 고양이의 본능에 반한다는 것을

너무나도 잘 알고 있기 때문이지요.

또한 고양이는 존재만으로도

곁에 있는 사람에게 평온함을 안겨 주곤 해요.


마음이 힘겨운 사람들을 위한 심리치료용 고양이든,

그저 만족스러운 표정으로 잠자고 있는 고양이든 간에

고양이를 바라보고 있노라면

사람들은 깊은 위안을 느끼게 돼요.


그곳이 어디든지 간에

고양이와 함께 있으면

편안한 집처럼 느껴지는데요,

고양이에게는 그런 묘한 능력이 있답니다.

"너무나 자주 우리는 이것을 과소평가해요.
작은 미소, 친절한 말 한마디, 경청해 주는 귀,
솔직한 칭찬 혹은 소소한 배려들….

이것들은 누군가의 삶을
송두리째 바꿀 수도 있어요."

-레오 버스카글리아

기억하세요.

당신의 가르랑거림에는 대단한 힘이 있다는 걸.

부드럽게 어루만져 주세요.

말없이 곁에 있어 주세요.

나만의 비밀 장소를
누군가와 나눠 보세요.

밥상에 한 명쯤

더 앉을 자리는 늘 있어요.

"당신이 지금 있는 곳에서
아주 작은 선한 일을 하세요.

작디 작은 선행들이 모여
세상을 압도하게 될 거예요."

-데스몬드 투투

연구 결과, 고양이는 사람들이 친절하게 대해 주면 이를 기억했다가

훗날 그 애정에 보답한다고 합니다.

큰 변화를 만들기엔 당신이 너무 작다고요?

결코 그렇지 않아요.

당신이 누군가에게 줄 수 있는 가장 의미있는 것은
온전히 그에게 집중하는 것입니다.

사랑한다면 마음을 표현하세요.

꿈수 대신

정공법으로 나아가세요.

당신도 누군가에는 축복일 수 있어요.

"고양이는 세상 모두가
자기를 사랑해 주기를 바라지 않아요.

다만, 자기가 '사랑하기로 선택'한 대상에게
사랑받기를 원할 뿐이죠."

-헬렌 톰슨

지금 이 순간이 유명해질 기회다, 생각하고
행동해 보세요 🐾

2015년 어느 추운 겨울밤, 러시아 오브닌스크의 한 아파트 계단에
어린 아기가 버려졌습니다. 아기를 가장 먼저 발견한 것은 동네 사람
들이 마샤라고 부르는 길고양이였습니다. 마샤는 종이 상자 안에서
울고 있는 남자 아기를 발견하고는 상자 속으로 들어갔습니다.

다음 날 아침, 마샤는 계속해서 야옹거리며 울었습니다. 그 소리
에 한 아주머니가 종이 상자 안을 들여다보았습니다. 상자 안에는
어린 아기가 있었고, 마샤가 아기의 몸을 따뜻하게 감싸고 있었습니
다. 놀란 아주머니는 곧바로 경찰에 신고했고, 구급 대원이 도착할

아기의 생명을 구한 떠돌이 고양이 마샤

때까지 마샤는 아기 곁을 떠나지 않았습니다. 심지어 구급차가 떠난 뒤에도 마샤는 누군가가 다시 아기를 데려다주기를 기다리는 듯이 몇 시간 동안이나 길가에 앉아 있었습니다. 태어난 지 3개월도 안 된 어린 아기는 마샤 덕분에 무사히 목숨을 건졌고 건강을 되찾을 수 있었습니다.

## 식스센스를 지닌 고양이 오스카 🐾

 

미국 뉴잉글랜드의 로드 아일랜드에는 스티어 하우스라는 요양 센터가 있습니다. 이 요양센터에서는 언제나 동물들을 환영하는데요, 동물들과 함께 지내는 것이 환자들의 치료에 좋다는 것을 직원들 모두가 잘 알고 있기 때문입니다. 자연히 스티어 하우스에는 동물들이 많은데요, 그 가운데 오스카라는 고양이는 그야말로 특별했습니다.

오스카는 어느 환자의 죽음이 가까워지면 이를 알아차리고는 그 환자에게 특별한 위안을 전해주는 묘한 능력을 지니고 있었어요. 오스카는 환자의 죽음이 다가오면 이를 알아채고 환자의 머리맡에 가만히 앉아 있었습니다. 그러면 요양센터 직원들은 보호자에게 연락해 요양센터로 오게 했습니다. 환자의 죽음이 임박했음을 알리고 작별의 시간을 갖게 하기 위해서였죠.

식스센스를 지닌 고양이 오스카

오스카의 이런 능력을 도저히 이해할 수 없었던 요양센터의 의료진들은 오스카가 사망 직전임을 알려주었던 환자 사례 100여 건을 모아 논문으로 정리했습니다. 그 내용이 데이비드 도스 박사의 이름으로 2007년 뉴잉글랜드 의학 저널에 기사로 실렸습니다. 그 기사에서 도스 박사는 오스카가 환자들에게서 나는 특이한 냄새에 반응하는 것이 아닐까 추측했습니다.

한편, 가족이 없어 혼자 죽음을 맞이해야 하는 노인 환자들에게 오스카는 그들의 마지막 시간을 함께해 주며 깊은 위안과 우정을 안겨 주었습니다.

"서로 다른 사람의 짐을 들어 주십시오."

– 갈라디아서 6장 2절

고양이는 정신적으로, 신체적으로 인간의 건강에 매우 긍정적인 영향을 미칩니다. 이 때문에 많은 고양이들이 치료 동물로 훈련을 받고 있는데요, 고양이는 병원과 학교, 양로원, 심지어 감옥에 있는 사람들에게도 편안함과 위안을 가져다줍니다.

그렇다면 어떤 고양이들이 반려동물 치료 고양이가 될 수 있을까요? 만약 반려동물 치료를 위한 훈련을 생각하고 있다면 당신의 고양이에게 이런 모습들이 있어야 합니다.

· 다정하고 차분하다.

· 모든 예방접종 규정을 잘 따르고 있으며 발톱이 잘 다듬어져 있다.

· 적어도 한 살은 되었고, 대부분의 시간을 당신과 함께 살아왔다.

· 하네스 입는 것을 편안해한다.

· 날 단백질 음식이 아닌 음식을 먹고 있다(날 단백질 음식은 사람들을 감염에 취약하게 만들 수 있음).

· 낯설고, 예측할 수 없는 상황에서도 편안해한다.

# 고양이와 개는 함께 살 수 있을까? 🐾

사람들의 선입견에도 불구하고 고양이와 개는 충분히 조화롭게 살 수 있습니다.

그렇지만 몇 가지 조건이 있습니다. 가능하면 새끼 때부터 한 집에서 자라게 해야 합니다. 만약 좀 더 나이가 든 고양이와 강아지를 함께 키울 때는 공격적이지 않고 서로에 대해 호기심을 보이는 고양이와 개가 적합합니다. 길고양이와, 사냥이나 양몰이를 위해 훈련받은 개는 피해야 합니다. 함께 둘 때도 천천히, 주인의 감독 아래, 서로 조금씩 다가가도록 해야 합니다.

"세상은 당신의 견해가 아니라 당신의 모범에 의해 바뀝니다."

-파울로 코엘료

## chapter 7

자부심을 /

가 져 도 /

돼  요 /



고양이는 스스로를

높이 평가합니다.

그야말로 존경할 만한 일인데요,


왜냐하면 건강한 자존감은

다른 사람들보다 우월하다고 느끼는 것이 아니라


개인적으로 만족감을 느끼는 것을

뜻하기 때문이에요.

고양이는 자기를
다른 고양이와 비교하거나,
다른 고양이들이 자기에 대해
어떻게 생각할까 조바심내며
시간을 낭비하지 않아요.


고양이는
자기가 사람들의 관심과 칭찬을
받을 자격이 있다고 믿어요.
그렇기에 당연히 자기가
좋은 대접을 받을 거라 생각하고요

또한 고양이는 자신이 원하는 것을

우리 인간들에게 내비치는 것을

전혀 부끄러워하지 않아요.

그리고 우리 인간들이 보여준 애정에 대해

보답할 줄도 알아요.


하지만 그러지 말아야 할 때,

곧 상대가 좀 더 애정을 보이도록

놔두어야 할 때도

정확히 안답니다.

길고양이들은 페르시아인들만큼이나

도도하기 짝이 없어요.

집고양이보다 잘나서도, 개보다 영특해서도 아니에요.

그냥 스스로가 맘에 드는 거죠.

비교도, 남들의 인정도

필요 없어요.

내가 나를 알아주는 게

중요해요.

애정을 구걸하지 마세요.

내가 나를 사랑해 주면
사람들도 당신을 사랑하게 될 거예요.

가끔은 사람들이 당신을 감동시킬 때까지

기다려 보세요.

내가 여왕이다, 라고

생각해 보세요.

차를 멈춰 세우고

당당히 나를 보여 주세요.

자신감만큼

섹시한 게 있을까요?

그 어떤 명품보다도

자신감이

당신을 근사하게 만들어줄 거예요.

상대방에게

당신의 눈속에 담긴 것을 똑바로 보여 주세요.

당신이 정말로 어떤 기분인지

알려 주세요.

식탁에서 당당히 자리를 지키세요.

당신은 그럴 자격이 있어요.

누군가 문을 닫아 버리려 하면 그냥 두지 마세요.
아무도 당신을 함부로 하게 놔두지 마세요.

당신 자신을

잘 돌봐 주세요.


당신에게는 당신을 돌볼 의무가 있어요.

"당신을 보통 사람 대하듯 하는 사람은

절대 사랑하지 마세요."

-오스카 와일드

## 자기를 최우선으로 두어야 하는
## 착한 이유 세 가지 🐾

건강한 이기주의는 배려심이 없다는 뜻이 아닙니다. 오히려 더 나은 내가 되려면 자신의 정서적, 신체적 욕구를 채워줄 줄 알아야 하고, 그러한 사실을 잘 알고 있는 것을 뜻합니다. 건강한 이기주의는 모든 것을 자기 위주로 살아가는 것이 아니라, 자기 자신에게 초점을 맞추고 살아가는 것을 뜻합니다. 당신이 자기 자신을 가장 첫째로 두는 연습을 해나가야 하는 이유는 다음과 같습니다.

### 1. 내 잔이 비었으면 남에게 따라줄 것도 없어요

자기 자신을 돌보는 시간을 낸다는 것은, 그것이 헬스장에 등록하는 것이든, 숙면을 취하는 것이든, 건강한 음식을 준비하는 것이든, 모처럼 느긋한 휴가를 보내는 것이든 간에 다른 사람들이 나를 필요로 할 때 그들을 돌볼 수 있는 개인적인 여력을 갖춰놓는 것을 뜻해요.

## 2. 인간관계가 균형을 이루게 돼요

건강한 이기주의에 동의하는 사람들은 다른 사람들이 자기의 마음을 알아주거나 자기를 행복하게 만들어 주기를 기대하지 않아요. 대신 그들은 자신의 필요를 충족시키는 방법을 잘 알고 있어요. 맨날 희생만 하는 사람과 관계를 이어가는 것은 힘든 일이에요. 그보다 동등한 동반자 관계가 훨씬 더 보람 있어요.

## 3. 주변 사람들이 성장하게 돼요

가장 가까운 사람들이라 해도 때로는 뒤로 물러서서 그들이 실수하고 자신의 문제를 스스로 해결할 수 있도록 기회를 주어야 해요. 그런 과정을 통해 사람들은 자신감을 갖게 되고, 인생에서 필요한 기술들을 갖추게 된답니다.

고양이가 또 무얼 가르쳐줄지

더 기대가 된다고요?

그럼, 그러시든가….

책 …

고양이 …

인생 참 좋다!

-에드워드 고리

**500PX** : fstop_images p. 43, Akimasa Harada p. 151, SébastienLoval p. 116, Mārtiņš Lūsis p. 96, Priscila de Lyra p. 215, Seji Mamiya p. 87, Dorien Soyez p. 62, Vladimir Zotov p. 60; **Alamy** : Juniors Bildarchiv GmbH p. 38, Image Source p. 141, Evgeny Shmulev p. 113; Associated Press: p. 49, Stew Milne p. 191; **Craig Armstrong** : p. 99; **guremike** : p. 29 © **fotolia**: bubblegirlphoto p. 213, Sergii Figurnyi p. 85, **Getty Images** : Lori Adamski-Peek/Photographer's Choice p. 77, Aifos p. 192, Barcroft Media pp. 30, 34, Stephen Beifuss/EyeEm p. 73, Bert Hardy Advertising Archive/Hulton Archive p. 111, Bettmann p. 36, Charlotte Björnström/ EyeEm p. 97, Michael Blann/DigitalVision p. 225, blink p. 35, Bobiko/Moment p. 57, Retales Botijero p. 147, Jane Burton/Nature Picture Library p. 25, Claudia Cadoni/ Moment Open p. 70, Ryerson Clark/E+ p. 68, Paolo Cossich/EyeEm p. 200, Daily Herald Archive/SSPL p. 179, Tim Davis/ Corbis/VCG p. 92, di4kadi4kova/Moment p. 180, druvo p. 195, Nat Farbman/ LIFE Picture Collection p. 32, Fernando Nieto Fotografia/Moment Open pp. 182-183, Fox Photos/Hulton Archive pp. 58, 208, Sean Gallup/Getty Images News p. 40, GlobalP pp. 176-177, GraphicaArtis/Archive Photos p. 148, GK Hart/Vikki Hart p. 117, hireo23_okubo p. 114, Imagno/Hulton Archive p. 45, Cesar Jodra/EyeEm p. 196, Tore Johnson/The LIFE Picture Collection p. 128, JTSiemer p. 106, Katrina Baker Photography p. 214, Keystone/Hulton Archive p. 127, Kmdgrfx p. 137, Kritina Lee Knief p. 219, Koldunova p. 56, Christina Krutz p. 74, Nina Leen/The LIFE Picture Collection p. 110, John Lund/DigitalVision